BABY SHARK and FRIENDS

IF YOU'RE HAPPY AND YOU KNOW IT, CLAP YOUR FINS!

Art by John John Bajet

Cartwheel Books
An Imprint of Scholastic Inc.
New York

ISBN 978-1-338-72937-5 • 10 9 8 7 6 5 4 3 2   21 22 23 24 25
First printing, May 2021 • Designed by Doan Buu
Scholastic Inc., 557 Broadway, New York NY 10012
Scholastic UK Ltd., Euston House, 24 Eversholt Street, London NW1 1DB
Scholastic Ltd., Unit 89E, Lagan Road, Dublin Industrial Estate, Glasnevin, Dublin 11
Made in Jefferson City, U.S.A.   40

If you're **HAPPY** and you know it...

...clap your fins!

If you're **HAPPY** and you know it, clap your fins!

If you're **HAPPY** and you know it,
then your fins will surely show it!
If you're **HAPPY** and you know it, clap your fins!

If you're **HAPPY** and you know it, shake your tail!
If you're **HAPPY** and you know it, shake your tail!

If you're **HAPPY** and you know it,
then your tail will surely show it!
If you're **HAPPY** and you know it, shake your tail!

If you're **GRUMPY** and you know it, snap your claws!
If you're **GRUMPY** and you know it, snap your claws!

If you're **GRUMPY** and you know it,
then your snap will surely show it!
If you're **GRUMPY** and you know it, snap your claws!

If you're **GRUMPY** and you know it, take a breath!
If you're **GRUMPY** and you know it, take a breath!

If you're **GRUMPY** and you know it,
then your breath will surely help it!
If you're **GRUMPY** and you know it, take a breath!

If you're **SLEEPY** and you know it, yawn and stretch!
If you're **SLEEPY** and you know it, yawn and stretch!

If you're **SLEEPY** and you know it,
then your yawn will surely show it!
If you're **SLEEPY** and you know it, yawn and stretch!

If you're **SLEEPY** and you know it, cuddle up!
If you're **SLEEPY** and you know it, cuddle up!

If you're **SLEEPY** and you know it,
then your cuddle will surely show it!
If you're **SLEEPY** and you know it, cuddle up!

If you're **SAD** and you know it, shed a tear!
If you're **SAD** and you know it, shed a tear!

If you're **SAD** and you know it,
then your tear will surely help it!
If you're **SAD** and you know it, shed a tear!

If you're **SAD** and you know it, find a friend!
If you're **SAD** and you know it, find a friend!

If you're **SAD** and you know it,
then your friend will surely help it!
If you're **SAD** and you know it, find a friend!

If you're **SILLY** and you know it, spin around!
If you're **SILLY** and you know it, spin around!

If you're **SILLY** and you know it,
then your spin will surely show it!
If you're **SILLY** and you know it, spin around!

If you're **SILLY** and you know it, splish and splash!
If you're **SILLY** and you know it, splish and splash!

If you're **SILLY** and you know it, then your splash will surely show it!
If you're **SILLY** and you know it, splish and splash!

DANCE MOVES!

CLAP YOUR FINS!

Clap your hands.

SHAKE YOUR TAIL!

Stick out your fanny and shake it.

SNAP YOUR CLAWS!

Pinch with your fingers.

TAKE A BREATH!

Cross your arms and take a breath.

YAWN AND STRETCH!

Give a big yawn.

CUDDLE UP!

Hug yourself.

SHED A TEAR!

Draw a fake tear down your cheek.

FIND A FRIEND!

Link up with a friend.

SPIN AROUND!

Spin around.

SPLISH AND SPLASH!

Shake your hands around.